1

LA PARTIE DE TRICTRAC

Les voiles sans mouvement pendaient collées contre les mâts ; la mer était unie comme une glace ; la chaleur était étouffante, le calme désespérant.

Dans un voyage sur mer, les ressources d'amusement que peuvent offrir les hôtes[1] d'un vaisseau sont bientôt épuisées. On se connaît trop bien, hélas ! lorsqu'on a passé quatre mois ensemble dans une maison de bois longue de cent vingt pieds[2]. Quand vous voyez venir le premier lieutenant, vous savez d'abord qu'il vous parlera de Rio de Janeiro[3], d'où il vient ; puis du fameux pont d'Essling[4] qu'il a vu faire par les marins de la garde[5], dont il faisait partie. Au bout de quinze jours, vous connaissez jusqu'aux expressions qu'il affectionne, jusqu'à la ponctuation de ses phrases, aux différentes

1. Ici, les occupants.

2. Ancienne unité de mesure (1 pied = 32,5 cm).

3. Principale ville du Brésil et port très important.

4. Village autrichien où Napoléon remporta une victoire en 1809.

5. Marins de la garde impériale.

intonations de sa voix. Quand jamais a-t-il manqué de s'arrêter tristement après avoir prononcé pour la première fois dans son récit ce mot, *l'empereur*... « Si vous l'aviez vu alors ! ! ! » (trois points d'admiration) ajoute-t-il invariablement. Et l'épisode du cheval du trompette[1] et le boulet qui ricoche et qui emporte une giberne[2], où il y avait pour sept mille cinq cents francs en or et en bijoux, etc., etc. !

Le second lieutenant est un grand politique ; il commente tous les jours le dernier numéro du *Constitutionnel*[3], qu'il a emporté de Brest[4] ; ou s'il quitte les sublimités[5] de la politique pour descendre à la littérature, il vous régalera du dernier vaudeville[6] qu'il a vu jouer. Grand Dieu !...

Le commissaire de marine[7] possédait une histoire bien intéressante. Comme il nous enchanta la première fois qu'il nous raconta son évasion du ponton de Cadix[8] ! mais à la vingtième répétition, ma foi l'on n'y pouvait plus tenir...

Et les enseignes[9], et les aspirants[10] !... Le souvenir de leurs conversations me fait dresser les cheveux à la tête. Quant au capitaine, généralement c'est le moins ennuyeux du bord. En sa qualité de commandant despotique, il se trouve en état d'hostilité secrète contre tout l'état-major[11] ; il vexe[12], il opprime quelquefois, mais il y a un certain plaisir à pester

1. Homme qui joue de la trompette dans un régiment de cavalerie.
2. Boîte où les soldats mettaient leurs cartouches et leurs biens précieux résultant parfois de pillages.
3. Journal d'opposition fondé en 1815.
4. Important port de guerre de l'époque.
5. Qualité de ce qui est supérieur.
6. Pièce de théâtre avec des chansons d'actualité.
7. Officier chargé de l'administration du vaisseau.
8. Port du sud de l'Espagne, où étaient retenus les prisonniers de guerre.
9. Officiers portant le grade le moins élevé dans la marine.
10. Sous-officiers suivant une formation d'officier.
11. L'ensemble des officiers du navire.
12. Ici, maltraite par abus de pouvoir.

PROSPER MÉRIMÉE

LA PARTIE DE TRICTRAC

SUIVI DE

LA CHAMBRE BLEUE

HACHETTE

Couverture illustrée par Boiry

Pour en savoir plus sur cet ouvrage
et sur la collection Côté Court,
reportez-vous au site Internet :
www.cotecourt.com

43, quai de Grenelle, 75015 Paris.

Composition : Nord-Compo
Imprimé en France par HERISSEY (Evreux)
dépôt légal n° 10817-mai 2001 - n° d'imprimeur : 89301
20.36.0715.01/1 ISBN : 2.01.200715.5

Loi n° 49-956 du 16 juillet 1949
sur les publications destinées à la jeunesse

contre lui. S'il a quelque manie fâcheuse pour ses subordonnés, on a le plaisir de voir son supérieur ridicule, et cela console un peu.

À bord du vaisseau sur lequel j'étais embarqué, les officiers étaient les meilleures gens du monde, tous bons diables[1], s'aimant comme des frères, mais s'ennuyant à qui mieux mieux. Le capitaine était le plus doux des hommes, point tracassier (ce qui est une rareté). C'était toujours à regret qu'il faisait sentir son autorité dictatoriale. Pourtant que le voyage me parut long ! surtout ce calme[2] qui nous prit quelques jours seulement avant de voir la terre !...

Un jour, après le dîner, que le désœuvrement nous avait fait prolonger aussi longtemps qu'il était humainement possible, nous étions tous rassemblés sur le pont, attendant le spectacle monotone mais toujours majestueux d'un coucher de soleil en mer. Les uns fumaient, d'autres relisaient pour la vingtième fois un des trente volumes de notre triste bibliothèque ; tous bâillaient à pleurer. Un enseigne assis à côté de moi s'amusait, avec toute la gravité digne d'une occupation sérieuse, à laisser tomber, la pointe en bas, sur les planches du tillac[3], le poignard que les officiers de marine portent ordinairement en petite tenue[4]. C'est un amusement comme un autre, et qui exige de

1. Bons garçons (expression en vogue au XIXe siècle).

2. Quand le vent ne souffle pas (vocabulaire nautique).

3. Pont d'un bateau.

4. Tenue ordinaire des militaires (les grandes tenues sont portées lors des cérémonies).

l'adresse pour que la pointe se pique bien perpendiculairement dans le bois. Désirant faire comme l'enseigne, et n'ayant point de poignard à moi, je voulus emprunter celui du capitaine, mais il me refusa[1]. Il tenait singulièrement[2] à cette arme, et même il aurait été fâché de la voir servir à un amateur aussi futile. Autrefois ce poignard avait appartenu à un brave officier mort malheureusement dans la dernière guerre[3]... Je devinai qu'une histoire allait suivre, je ne me trompais pas. Le capitaine commença sans se faire prier ; quant aux officiers qui nous entouraient, comme chacun d'eux connaissait par cœur les infortunes du lieutenant Roger, ils firent aussitôt une retraite[4] prudente. Voici à peu près quel fut le récit du capitaine :

« Roger, quand je le connus, était plus âgé que moi de trois ans ; il était lieutenant ; moi, j'étais enseigne. Je vous assure que c'était un des meilleurs officiers de l'instruction[5], des talents, en un mot un jeune homme charmant. Il était malheureusement un peu fier et susceptible ; ce qui tenait, je crois, à ce qu'il était enfant naturel[6], et qu'il craignait que sa naissance ne lui fît perdre de la considération dans le monde ; mais, pour dire la vérité, de tous ses défauts le plus grand c'était un désir violent et continuel de primer partout où il se trouvait. Son père, qu'il n'avait jamais vu, lui faisait une pension qui aurait

1. M'opposa un refus.

2. Particulièrement.

3. Dernière guerre napoléonienne avant la défaite finale de Waterloo en 1815.

4. Se retirèrent.

5. Du groupe d'officiers étudiant l'art de combattre en mer.

6. Enfant né d'une femme non mariée.

été bien plus que suffisante pour ses besoins, si Roger n'eût pas été la générosité même. Tout ce qu'il avait était à ses amis. Quand il venait de toucher son trimestre[1], c'était à qui irait le voir avec une figure triste et soucieuse : "Eh bien ! camarade, qu'as-tu ? demandait-il ; tu m'as l'air de ne pouvoir pas faire grand bruit en frappant sur tes poches ; allons, voici ma bourse, prends ce qu'il te faut, et viens-t'en dîner avec moi."

« Il vint à Brest une jeune actrice fort jolie, nommée Gabrielle, qui ne tarda pas à faire des conquêtes parmi les marins et les officiers de la garnison. Ce n'était pas une beauté régulière, mais elle avait de la taille[2], de beaux yeux, le pied petit, l'air passablement effronté : tout cela plaît fort quand on est dans les parages de vingt à vingt-cinq ans. On la disait par-dessus le marché la plus capricieuse créature de son sexe, et sa manière de jouer ne démentait pas cette réputation. Tantôt elle jouait à ravir, on eût dit une comédienne du premier ordre ; le lendemain, dans la même pièce, elle était froide, insensible ; elle débitait son rôle comme un enfant récite son catéchisme. Ce qui intéressa surtout nos jeunes gens, ce fut l'histoire suivante que l'on racontait d'elle. Il paraît qu'elle avait été entretenue très richement à Paris par un sénateur qui faisait, comme l'on dit,

1. Pension trimestrielle.

2. La taille fine, caractéristique des femmes bien nées selon les critères de l'époque.

des folies pour elle. Un jour cet homme, se trouvant chez elle, mit son chapeau sur sa tête ; elle le pria de l'ôter, et se plaignit même qu'il lui manquât de respect. Le sénateur se mit à rire, leva les épaules, et dit en se carrant dans un fauteuil : "C'est bien le moins que je me mette à mon aise chez une fille que je paye." Un bon soufflet[1] de crocheteur[2], détaché par la blanche main de la Gabrielle[3] le paya aussitôt de sa réponse et jeta son chapeau à l'autre bout de la chambre. De là, rupture complète. Des banquiers, des généraux avaient fait des offres considérables à la dame ; mais elle les avait toutes refusées, et s'était faite actrice, afin, disait-elle, de vivre indépendante.

« Lorsque Roger la vit et qu'il apprit cette histoire, il jugea que cette personne était son fait[4], et, avec une franchise un peu brutale qu'on nous reproche, à nous autres marins, voici comment il s'y prit pour lui montrer combien il était touché de ses charmes. Il acheta les plus belles fleurs et les plus rares qu'il put trouver à Brest, en fit un bouquet qu'il attacha avec un beau ruban rose et dans le nœud arrangea très proprement un rouleau de vingt-cinq napoléons[5] ; c'était tout ce qu'il possédait pour le moment. Je me souviens que je l'accompagnais dans les coulisses pendant un entracte. Il fit à la Gabrielle un

1. Gifle.

2. Porteur à la force proverbiale qui suspend ses fardeaux avec des crochets.

3. Ici, l'article défini devant un prénom marque à la fois la condition de comédienne et la familiarité.

4. Lui convenait.

5. Pièce d'or de vingt francs frappée à l'effigie de Napoléon Ier.

compliment[1] fort court sur la grâce qu'elle avait à porter son costume, lui offrit le bouquet et lui demanda la permission d'aller la voir chez elle. Tout cela fut dit en trois mots.

« Tant que Gabrielle ne vit que les fleurs et le beau jeune homme qui les lui présentait, elle lui souriait accompagnant son sourire d'une révérence des plus gracieuses ; mais quand elle eut le bouquet entre les mains et qu'elle sentit le poids de l'or, sa physionomie changea plus rapidement que la surface de la mer soulevée par un ouragan des tropiques ; et certes elle ne fut guère moins méchante, car elle lança de toute sa force le bouquet et les napoléons à la tête de mon pauvre ami qui en porta les marques sur la figure pendant plus de huit jours. La sonnette du régisseur[2] se fit entendre, Gabrielle entra en scène et joua tout de travers.

« Roger, ayant ramassé son bouquet et son rouleau d'or d'un air bien confus, s'en alla au café offrir son bouquet (sans l'argent) à la demoiselle du comptoir et essaya, en buvant du punch[3], d'oublier la cruelle. Il n'y réussit pas ; et, malgré le dépit qu'il éprouvait de ne pouvoir se montrer avec son œil poché, il devint amoureux fou de la colérique[4] Gabrielle. Il lui écrivait vingt lettres par jour, et quelles lettres ! soumises, tendres, respectueuses, telles qu'on pourrait les adresser à une

1. Petit discours en prose ou en vers adressé à quelqu'un à qui l'on veut plaire.

2. Le régisseur, chargé de l'administration du théâtre, lance le signal par lequel les acteurs sont invités à entrer en scène.

3. Boisson alcoolisée en vogue dans les ports, à base d'eau-de-vie ou de rhum, de thé chaud, de jus de citron et de sucre.

4. Ici, de tempérament maladivement coléreux.

princesse. Les premières lui furent renvoyées sans avoir été décachetées ; les autres n'obtinrent pas de réponse. Roger cependant conservait quelque espoir, quand nous découvrîmes que la marchande d'oranges[1] du théâtre enveloppait ses oranges avec les lettres d'amour de Roger, que Gabrielle lui donnait par un raffinement de méchanceté. Ce fut un coup terrible pour la fierté de notre ami. Pourtant sa passion ne diminua pas. Il parlait de demander l'actrice en mariage ; et comme on lui disait que le ministre de la Marine n'y donnerait jamais son consentement[2], il s'écriait qu'il se brûlerait la cervelle.

« Sur ces entrefaites, il arriva que les officiers d'un régiment de ligne[3] en garnison à Brest voulurent faire répéter un couplet de vaudeville à Gabrielle, qui s'y refusa par un pur caprice. Les officiers et l'actrice s'opiniâtrèrent[4] si bien, que les uns firent baisser la toile[5] par leurs sifflets, et que l'autre s'évanouit. Vous savez ce que c'est que le parterre[6] d'une ville de garnison. Il fut convenu entre les officiers que le lendemain et les jours suivants la coupable serait sifflée sans rémission, qu'on ne lui permettrait pas de jouer un seul rôle avant qu'elle n'eût fait amende honorable[7] avec l'humilité nécessaire pour expier son crime. Roger n'avait point assisté à cette représentation ; mais il apprit le soir même le scandale qui

1. Sorte d'ouvreuse qui proposait des fruits rafraîchissants au spectateur.

2. Pour le mariage d'un officier, l'accord du ministère de tutelle était nécessaire.

3. Régiment d'infanterie qui attend un embarquement.

4. S'obstinèrent.

5. Ici, rideau de théâtre.

6. Partie d'une salle de spectacle, située derrière l'orchestre, où les places ne sont pas chères.

7. Ne se fût excusée publiquement.

avait mis tout le théâtre en confusion, ainsi que les projets de vengeance qui se tramaient pour le lendemain. Sur le champ son parti fut pris[1].

« Le lendemain, lorsque Gabrielle parut, du banc des officiers partirent des huées et des sifflets à fendre les oreilles. Roger, qui s'était placé à dessein[2] tout auprès des tapageurs, se leva, et interpella les plus bruyants en termes si outrageux, que toute leur fureur se tourna aussitôt contre lui. Alors, avec un grand sang-froid, il tira son carnet de sa poche[3], et inscrivait les noms qu'on lui criait de toutes parts ; il aurait pris rendez-vous pour se battre avec tout le régiment, si, par esprit de corps, un grand nombre d'officiers de marine ne fussent survenus, et n'eussent provoqué la plupart de ses adversaires. La bagarre fut vraiment effroyable.

« Toute la garnison fut consignée[4] pour plusieurs jours ; mais quand on nous rendit la liberté il y eut un terrible compte à régler. Nous nous trouvâmes une soixantaine sur le terrain. Roger, seul, se battit successivement contre trois officiers ; il en tua un, et blessa grièvement les deux autres sans recevoir une égratignure. Je fus moins heureux pour ma part : un maudit lieutenant, qui avait été maître d'armes, me donna dans la poitrine un grand coup d'épée, dont je manquai mourir. Ce fut, je vous assure, un

1. Sa décision fut prise.

2. Volontairement.

3. Carnet sur lequel on notait le nom de ceux qu'on provoquait en duel.

4. Privée de permission (langage militaire).

beau spectacle que ce duel, ou plutôt cette bataille. La marine eut tout l'avantage, et le régiment fut obligé de quitter Brest.

« Vous pensez bien que nos officiers supérieurs n'oublièrent pas l'auteur de la querelle. Il eut pendant quinze jours une sentinelle à sa porte.

« Quand ses arrêts[1] furent levés, je sortis de l'hôpital et j'allai le voir. Quelle fut ma surprise, en entrant chez lui, de le voir assis à déjeuner tête à tête avec Gabrielle ! Ils avaient l'air d'être depuis longtemps en parfaite intelligence[2]. Déjà ils se tutoyaient et se servaient du même verre. Roger me présenta à sa maîtresse comme son meilleur ami, et lui dit que j'avais été blessé dans l'espèce d'escarmouche[3] dont elle avait été la première cause[4]. Cela me valut un baiser de cette belle personne. Cette fille avait les inclinations toutes martiales[5].

« Ils passèrent trois mois ensemble parfaitement heureux, ne se quittant pas d'un instant. Gabrielle paraissait l'aimer jusqu'à la fureur, et Roger avouait qu'avant de connaître Gabrielle il n'avait pas connu l'amour.

« Une frégate[6] hollandaise entra dans le port. Les officiers nous donnèrent à dîner. On but largement de toutes sortes de vins ; et, la nappe ôtée, ne sachant que faire, car ces messieurs parlaient très mal français, on se mit à jouer. Les Hollandais

1. Sanction disciplinaire infligée à un officier qui consiste à l'empêcher de sortir en plaçant une sentinelle devant sa porte.

2. S'entendant parfaitement.

3. Altercation.

4. Il y eut une autre cause à la bagarre : la rivalité entre l'armée de terre et la marine.

5. Relatives à la guerre et à l'armée.

6. Bâtiment de guerre à trois mâts.

paraissaient avoir beaucoup d'argent ; et leur premier lieutenant surtout voulait jouer si gros jeu, que pas un de nous ne se souciait de faire sa partie[1]. Roger, qui ne jouait pas d'ordinaire, crut qu'il s'agissait dans cette occasion de soutenir l'honneur de son pays. Il joua donc, et tint tout ce que voulut le lieutenant hollandais. Il gagna d'abord, puis perdit. Après quelques alternatives de gain et de perte, ils se séparèrent sans avoir rien fait[2]. Nous rendîmes le dîner aux officiers hollandais. On joua encore. Roger et le lieutenant furent remis aux prises. Bref, pendant plusieurs jours ils se donnèrent rendez-vous, soit au café, soit à bord, essayant toutes sortes de jeux, surtout le trictrac[3], et augmentant toujours leurs paris, si bien qu'ils en vinrent à jouer vingt-cinq napoléons la partie. C'était une somme énorme pour de pauvres officiers comme nous ; plus de deux mois de solde[4]. Au bout d'une semaine, Roger avait perdu tout l'argent qu'il possédait, plus trois ou quatre mille francs empruntés à droite et à gauche.

« Vous vous doutez bien que Roger et Gabrielle avaient fini par faire ménage commun et bourse commune : c'est-à-dire que Roger, qui venait de toucher une forte part de prises[5], avait mis à la masse[6] dix ou vingt fois plus que l'actrice. Cependant il considérait toujours que cette masse appartenait principalement

1. Jouer une partie avec lui en risquant des sommes égales.

2. Sans que personne ne l'ait emporté.

3. Jeu de hasard et de calcul qui se joue avec deux dés par joueur et des pions que l'on fait avancer sur une sorte de damier.

4. Salaire des militaires.

5. Sommes d'argent distribuées aux marins après la prise d'un navire adverse.

6. Ici, le budget commun.

à sa maîtresse, et il n'avait gardé pour ses dépenses particulières qu'une cinquantaine de napoléons. Il avait été cependant obligé de recourir à cette réserve pour continuer à jouer. Gabrielle ne lui fit pas la moindre observation.

« L'argent du ménage prit le même chemin que son argent de poche. Bientôt Roger fut réduit à jouer ses derniers vingt-cinq napoléons. Il s'appliquait horriblement ; aussi la partie fut-elle longue et disputée. Il vint un moment où Roger, tenant le cornet[1], n'avait plus qu'une chance pour gagner : je crois qu'il fallait six quatre. La nuit était avancée. Un officier qui les avait longtemps regardés jouer avait fini par s'endormir sur un fauteuil. Le Hollandais était fatigué et assoupi ; en outre, il avait bu beaucoup de punch. Roger seul était bien éveillé, et en proie au plus violent désespoir. Ce fut en frémissant qu'il jeta les dés. Il les jeta si rudement sur le damier, que de la secousse une bougie tomba sur le plancher. Le Hollandais tourna la tête d'abord vers la bougie, qui venait de couvrir de cire son pantalon neuf, puis il regarda les dés. Ils marquaient six et quatre. Roger, pâle comme la mort, reçut les vingt-cinq napoléons. Ils continuèrent à jouer. La chance devint favorable à mon malheureux ami, qui pourtant faisait écoles sur écoles[2], et qui casait[3] comme s'il avait voulu perdre. Le lieutenant hollandais s'entêta, doubla, décupla

1. Godet qui sert à agiter les dés.

2. Sanctions données au joueur qui oublie de marquer ses points.

3. Terme technique : mettre deux dames sur l'un des triangles placés devant le joueur.

les enjeux : il perdit toujours. Je crois le voir encore ; c'était un grand blond, flegmatique[1], dont la figure semblait être de cire. Il se leva enfin, ayant perdu quarante mille francs, qu'il paya sans que sa physionomie décelât la moindre émotion.

« Roger lui dit : "Ce que nous avons fait ce soir ne signifie rien, vous dormiez à moitié ; je ne veux pas de votre argent.

— Vous plaisantez, répondit le flegmatique Hollandais ; j'ai très bien joué, mais les dés ont été contre moi. Je suis sûr de pouvoir toujours vous gagner en vous rendant quatre trous[2]. Bonsoir !" et il le quitta.

« Le lendemain nous apprîmes que, désespéré de sa perte, il s'était brûlé la cervelle dans sa chambre après avoir bu un bol de punch.

« Les quarante mille francs gagnés par Roger étaient étalés sur une table, et Gabrielle les contemplait avec un sourire de satisfaction. "Nous voilà bien riches, dit-elle, que ferons-nous de tout cet argent ?"

« Roger ne répondit rien ; il paraissait comme hébété depuis la mort du Hollandais. "Il faut faire mille folies, continua la Gabrielle : argent gagné aussi facilement doit se dépenser de même. Achetons une calèche[3], et narguons le préfet maritime[4] et sa femme. Je veux avoir des diamants, des cachemires.

1. Qui a un comportement calme et lent, considéré comme caractéristique des Hollandais.

2. Terme technique : quatre trous correspond à une partie gagnée.

3. Voiture à cheval légère, parfaite pour la promenade en ville.

4. Personnage le plus important dans les villes portuaires.

Demande un congé et allons à Paris ; ici nous ne viendrons jamais à bout de tant d'argent !" Elle s'arrêta pour observer Roger, qui, les yeux fixés sur le plancher, la tête appuyée sur sa main, ne l'avait pas entendue, et semblait rouler dans sa tête les plus sinistres pensées.

"Que diable as-tu, Roger ? s'écria-t-elle en appuyant une main sur son épaule. Tu me fais la moue, je crois ; je ne puis t'arracher une parole.

— Je suis bien malheureux, dit-il enfin avec un soupir étouffé.

— Malheureux ! Dieu me pardonne, n'aurais-tu pas des remords pour avoir plumé ce gros *mynheer*[1] ?"

« Il releva la tête et la regarda d'un œil hagard.

"Qu'importe, poursuivit-elle, qu'importe qu'il ait pris la chose au tragique et qu'il se soit brûlé ce qu'il avait de cervelle ! Je ne plains pas les joueurs qui perdent ; et certes son argent est mieux entre nos mains que dans les siennes : il l'aurait dépensé à boire et à fumer, au lieu que nous, nous allons faire mille extravagances toutes plus élégantes les unes que les autres."

« Roger se promenait par la chambre, la tête penchée sur sa poitrine, les yeux à demi fermés et remplis de larmes. Il vous aurait fait pitié si vous l'aviez vu.

1. « Monsieur » en hollandais.

“Sais-tu, lui dit Gabrielle, que des gens qui ne connaîtraient pas ta sensibilité romanesque pourraient croire que tu as triché ?

— Et si cela était vrai ? s'écria-t-il, d'une voix sourde en s'arrêtant devant elle.

— Bah ! répondit-elle en souriant, tu n'as pas assez d'esprit pour tricher au jeu.

— Oui, j'ai triché, Gabrielle ; j'ai triché comme un misérable que je suis.”

« Elle comprit à son émotion qu'il ne disait que trop vrai : elle s'assit sur un canapé et demeura quelque temps sans parler : “J'aimerais mieux, dit-elle enfin d'une voix très émue, j'aimerais mieux que tu eusses tué dix hommes que d'avoir triché au jeu.”

« Il y eut un mortel silence d'une demi-heure. Ils étaient assis tous les deux sur le même sofa, et ne se regardèrent pas une seule fois. Roger se leva le premier, et lui dit bonsoir d'une voix assez calme.

“Bonsoir !” lui répondit-elle d'un ton sec et froid.

« Roger m'a dit depuis qu'il se serait tué ce jour-là même s'il n'avait craint que nos camarades ne devinassent la cause de son suicide. Il ne voulait pas que sa mémoire fût infâme.

« Le lendemain, Gabrielle fut aussi gaie qu'à l'ordinaire ; on eût dit qu'elle avait déjà oublié la confidence de la veille. Pour Roger, il était devenu sombre, fantasque[1], bourru ; il sortait à peine de sa chambre, évitait ses amis, et passait souvent des journées entières sans adresser une parole à sa maîtresse. J'attribuais sa tristesse à une sensibilité honorable, mais excessive, et j'essayai plusieurs fois de le consoler ; mais il me renvoyait bien loin, en affectant une grande indifférence pour son *partner*[2] malheureux. Un jour même il fit une sortie violente contre la nation hollandaise, et voulut me soutenir qu'il ne pouvait pas y avoir en Hollande un seul honnête homme. Cependant il s'informait en secret de la famille du lieutenant hollandais, mais personne ne pouvait lui en donner des nouvelles.

« Six semaines après cette malheureuse partie de trictrac, Roger trouva chez Gabrielle un billet[3] écrit par un aspirant qui paraissait la remercier de bontés qu'elle avait eues pour lui. Gabrielle était le désordre en personne, et le billet en question avait été laissé par elle sur sa cheminée. Je ne sais si elle avait été infidèle, mais Roger le crut, et sa colère fut épouvantable. Son amour et un reste d'orgueil étaient les seuls sentiments qui pussent encore l'attacher à la vie, et le plus fort de ses senti-

1. Ici, imprévisible.

2. Mot anglais signifiant partenaire.

3. Ici, message galant.

ments allait être ainsi soudainement détruit. Il accabla d'injures l'orgueilleuse comédienne ; et, violent comme il était, je ne sais comment il se fit qu'il ne la battît pas.

“Sans doute, lui dit-il, ce freluquet[1] vous a donné beaucoup d'argent ? C'est la seule chose que vous aimiez, et vous accorderiez vos faveurs au plus sale de nos matelots s'il avait de quoi les payer.

— Pourquoi pas ? répondit froidement l'actrice. Oui, je me ferais payer par un matelot, mais… *je ne le volerais pas*”.

« Roger poussa un cri de rage. Il tira en tremblant son poignard, et un instant regarda Gabrielle avec des yeux égarés ; puis rassemblant toutes ses forces, il jeta l'arme à ses pieds et s'échappa de l'appartement pour ne pas céder à la tentation qui l'obsédait.

« Ce soir-là même je passai fort tard devant son logement, et voyant de la lumière chez lui, j'entrai pour lui emprunter un livre. Je le trouvai fort occupé à écrire. Il ne se dérangea point, et parut à peine s'apercevoir de ma présence dans sa chambre. Je m'assis près de son bureau et je contemplai ses traits ; ils étaient tellement altérés, qu'un autre que moi aurait eu de la peine à le reconnaître. Tout d'un coup j'aperçus sur le bureau une lettre déjà cachetée, et qui m'était adressée. Je l'ouvris

1. Jeune homme frivole et prétentieux.

aussitôt. Roger m'annonçait qu'il allait mettre fin à ses jours, et me chargeait de différentes commissions. Pendant que je lisais, il écrivait toujours sans prendre garde à moi ; c'était à Gabrielle qu'il faisait ses adieux… Vous pensez quel fut mon étonnement, et ce que je dus lui dire, confondu[1] comme je l'étais de sa résolution : "Comment, tu veux te tuer, toi qui es si heureux ?

— Mon ami, dit-il en cachetant sa lettre, tu ne sais rien ; tu ne me connais pas, je suis un fripon ; je suis si méprisable, qu'une fille de joie[2] m'insulte ; et je sens si bien ma bassesse, que je n'ai pas la force de la battre." Alors il me raconta l'histoire de la partie de trictrac, et tout ce que vous savez déjà. En l'écoutant, j'étais pour le moins aussi ému que lui ; je ne savais que lui dire ; je lui serrais les mains, j'avais les larmes aux yeux, mais je ne pouvais parler. Enfin l'idée me vint de lui représenter qu'il n'avait pas à se reprocher d'avoir causé volontairement la ruine du Hollandais, et qu'après tout il ne lui avait fait perdre par sa… tricherie… que vingt-cinq napoléons.

"Donc, s'écria-t-il avec une ironie amère, je suis un petit voleur et non un grand. Moi qui avais tant d'ambition ! N'être qu'un friponneau !" Et il éclata de rire. Je fondis en larmes.

1. Stupéfait.

2. Prostituée.

« Tout à coup la porte s'ouvrit ; une femme entra et se précipita dans ses bras : c'était Gabrielle. "Pardonne-moi, s'écria-t-elle en l'étreignant avec force, pardonne-moi. Je le sens bien, je n'aime que toi. Je t'aime mieux maintenant que si tu n'avais pas fait ce que tu te reproches. Si tu veux, je volerai… j'ai déjà volé… Oui, j'ai volé… j'ai volé une montre d'or[1]… Que peut-on faire de pis ?"

« Roger secoua la tête d'un air d'incrédulité ; mais son front parut s'éclaircir. "Non, ma pauvre enfant, dit-il, en la repoussant avec douceur, il faut absolument que je me tue. Je souffre trop, je ne puis résister à la douleur que je sens là.

— Eh bien ! si tu veux mourir, Roger, je mourrai avec toi ! Sans toi, que m'importe la vie ! J'ai du courage, tiré des fusils[2] ; je me tuerai tout comme un autre. D'abord, moi qui ai joué la tragédie, j'en ai l'habitude." Elle avait les larmes aux yeux en commençant, cette dernière idée la fit rire, et Roger lui-même laissa échapper un sourire. "Tu ris, mon officier, s'écria-t-elle en battant des mains et en l'embrassant ; tu ne te tueras pas !" Et elle l'embrassait toujours, tantôt pleurant, tantôt riant, tantôt jurant comme un matelot ; car elle n'était pas de ces femmes qu'un gros mot effraye.

1. Pour une prostituée, voler un client est très grave.

2. Je sais tirer au fusil.

« Cependant, je m'étais emparé des pistolets et du poignard de Roger, et je lui dis : "Mon cher Roger, tu as une maîtresse et un ami qui t'aiment. Crois-moi, tu peux encore avoir quelque bonheur en ce monde." Je sortis après l'avoir embrassé, et je le laissai seul avec Gabrielle.

« Je crois que nous ne serions parvenus qu'à retarder seulement son funeste dessein, s'il n'avait reçu du ministre l'ordre de partir, comme premier lieutenant, à bord d'une frégate qui devait aller croiser dans les mers de l'Inde[1], après avoir passé au travers de l'escadre[2] anglaise qui bloquait le port. L'affaire était hasardeuse. Je lui fis entendre qu'il valait mieux mourir noblement d'un boulet anglais que de mettre fin lui-même à ses jours, sans gloire et sans utilité pour son pays. Il promit de vivre. Des 40 000 francs, il en distribua la moitié à des matelots estropiés ou à des veuves et des enfants de marins. Il donna le reste à Gabrielle, qui d'abord jura de n'employer cet argent qu'en bonnes œuvres. Elle avait bien l'intention de tenir parole, la pauvre fille ; mais l'enthousiasme était chez elle de courte durée. J'ai su depuis qu'elle donna quelques milliers de francs aux pauvres. Elle s'acheta des chiffons[3] avec le reste.

1. L'océan Indien.
2. Ensemble des forces navales.
3. Vêtements de femme.

« Nous montâmes, Roger et moi, sur une belle frégate, *La Galatée* : nos hommes étaient braves, bien exercés, bien disciplinés ; mais notre commandant était un ignorant, qui se croyait un Jean Bart[1] parce qu'il jurait mieux qu'un capitaine d'armes[2], parce qu'il écorchait le français et qu'il n'avait jamais étudié la théorie de sa profession, dont il entendait[3] assez médiocrement la pratique. Pourtant le sort le favorisa d'abord. Nous sortîmes heureusement de la rade[4], grâce à un coup de vent qui força l'escadre de blocus[5] de gagner le large et nous commençâmes notre croisière par brûler[6] une corvette[7] anglaise et un vaisseau de la compagnie[8] sur les côtes de Portugal.

« Nous voguions lentement vers les mers de l'Inde, contrariés par les vents et par les fausses manœuvres de notre capitaine, dont la maladresse augmentait le danger de notre croisière. Tantôt chassés par des forces supérieures, tantôt poursuivant des vaisseaux marchands, nous ne passions pas un seul jour sans quelque aventure nouvelle. Mais ni la vie hasardeuse que nous menions, ni les fatigues que lui donnait le détail[9] de la frégate dont il était chargé, ne pouvaient distraire Roger des tristes pensées qui le poursuivaient sans relâche. Lui qui passait autrefois pour l'officier le plus actif

1. Marin et corsaire français du XVIIe siècle, célèbre dans toute l'Europe pour sa bravoure
2. Sous-officier chargé de l'entretien des armes sur un navire de guerre.
3. Ici, connaissait.
4. Bassin naturel de vaste dimension ayant une issue vers la mer, et dans lequel les bateaux peuvent mouiller.
5. Siège. On empêche une ville, un port de communiquer avec l'extérieur.
6. Ici, dépasser.
7. Navire de guerre.
8. Vaisseau appartenant à la compagnie des Indes (anglaise).
9. Service destiné à assurer la vie quotidienne d'une unité.

et le plus brillant de notre port, maintenant il se bornait à faire seulement son devoir. Aussitôt que son service était fini, il se renfermait dans sa chambre, sans livres, sans papier ; il passait des heures entières couché dans son cadre[1], et le malheureux ne pouvait dormir.

« Un jour, voyant son abattement, je m'avisai de lui dire : "Parbleu ! mon cher, tu t'affliges pour peu de chose. Tu as escamoté[2] vingt-cinq napoléons à un gros Hollandais, bien ! et tu as des remords pour plus d'un million. Or, dis-moi, quand tu étais l'amant de la femme du préfet de… n'en avais-tu point ? Pourtant elle valait mieux que vingt-cinq napoléons."

« Il se retourna sur son matelas sans me répondre.

Je poursuivis : "Après tout, ton crime, puisque tu dis que c'est un crime, avait un motif honorable, et venait d'une âme élevée."

« Il tourna la tête et me regarda d'un air furieux.

"Oui, car enfin, si tu avais perdu, que devenait Gabrielle ? Pauvre fille, elle aurait vendu sa dernière chemise pour toi… Si tu perdais, elle était réduite à la misère… C'est pour elle, c'est par amour pour elle que tu as triché. Il y a des gens qui tuent par amour… qui se tuent… Toi, mon cher Roger, tu as fait plus.

1. Lit suspendu, couchette.

2. Fait disparaître ; ici, volé.

Pour un homme comme nous, il y a plus de courage à… voler, pour parler net, qu'à se tuer." »

« Peut-être maintenant, me dit le capitaine, interrompant son récit, vous semblé-je ridicule. Je vous assure que mon amitié pour Roger me donnait dans ce moment une éloquence que je ne retrouve plus aujourd'hui ; et, le diable m'emporte, en lui parlant de la sorte j'étais de bonne foi, et je croyais tout ce que je disais. Ah ! j'étais jeune alors !

« Roger fut quelque temps sans répondre ; il me tendit la main : "Mon ami, dit-il en paraissant faire un grand effort sur lui-même, tu me crois meilleur que je ne suis. Je suis un lâche coquin. Quand j'ai triché ce Hollandais, je ne pensais qu'à gagner vingt-cinq napoléons, voilà tout. Je ne pensais pas à Gabrielle, et voilà pourquoi je me méprise… Moi, estimer mon honneur moins que vingt-cinq napoléons !… Quelle bassesse ! Oui, je serais heureux de pouvoir me dire : J'ai volé pour tirer Gabrielle de la misère… Non !… non ! je ne pensais pas à elle… Je n'étais pas amoureux dans ce moment… J'étais un joueur… j'étais un voleur… J'ai volé de l'argent pour l'avoir à moi… et cette action m'a tellement abruti, avili[1], que je n'ai plus aujourd'hui de courage ni

1. Rendu mauvais.

d'amour… je vis, et je ne pense plus à Gabrielle… je suis un homme fini."

« Il paraissait si malheureux que, s'il m'avait demandé mes pistolets pour se tuer, je crois que je les lui aurais donnés.

« Un certain vendredi, jour de mauvais augure[1], nous découvrîmes une grosse frégate anglaise, *L'Alceste*, qui prit chasse sur nous[2]. Elle portait cinquante-huit canons, nous n'en avions que trente-huit. Nous fîmes force de voiles[3] pour lui échapper ; mais sa marche était supérieure, elle gagnait sur nous à chaque instant ; il était évident qu'avant la nuit nous serions contraints de livrer un combat inégal. Notre capitaine appela Roger dans sa chambre, où ils furent un grand quart d'heure à consulter ensemble[4]. Roger remonta sur le tillac, me prit par le bras, et me tira à l'écart.

"D'ici à deux heures, me dit-il, l'affaire va s'engager ; ce brave homme là-bas qui se démène sur le gaillard d'arrière a perdu la tête. Il y avait deux partis à prendre : le premier, le plus honorable, était de laisser l'ennemi arriver sur nous, puis de l'aborder vigoureusement en jetant à son bord une centaine de gaillards déterminés ; l'autre parti, qui n'est pas mauvais, mais qui est assez lâche, serait de nous alléger en jetant à la mer une partie

1. Présage.

2. S'échapper toutes voiles dehors. Contresens de Mérimée qui veut dire : foncer droit sur nous.

3. Nous utilisâmes toutes nos voiles.

4. Discuter. Usage sur un bateau dans les cas graves.

de nos canons. Alors nous pourrions serrer de très près la côte d'Afrique que nous découvrons là-bas à bâbord. L'Anglais, de peur de s'échouer, serait bien obligé de nous laisser échapper ; mais notre capitaine n'est ni un lâche ni un héros : il va se laisser démolir de loin à coups de canons, et après quelques heures de combat il amènera honorablement son pavillon[1]. Tant pis pour vous : les pontons de Portsmouth[2] vous attendent. Quant à moi, je ne veux pas les voir.

— Peut-être, lui dis-je, nos premiers coups de canons feront-ils à l'ennemi des avaries[3] assez fortes pour l'obliger à cesser la chasse.

— Écoute, je ne veux pas être prisonnier, je veux me faire tuer ; il est temps que j'en finisse. Si par malheur je ne suis que blessé, donne-moi ta parole que tu me jetteras à la mer. C'est le lit où doit mourir un bon marin comme moi.

— Quelle folie ! m'écriai-je, et quelle commission me donnes-tu là !

— Tu rempliras le devoir d'un bon ami. Tu sais qu'il faut que je meure. Je n'ai consenti à ne pas me tuer que dans l'espoir d'être tué, tu dois t'en souvenir. Allons, fais-moi cette promesse ; si tu me refuses, je vais demander ce service à ce contremaître[4], qui ne me refusera pas."

1. Affichera que l'on se rend.

2. Port du sud de l'Angleterre où étaient retenus les prisonniers de guerre, sur des vaisseaux démâtés.

3. Dommages.

4. Sous-officier.

« Après avoir réfléchi quelque temps, je lui dis : "Je te donne ma parole de faire ce que tu désires, pourvu que tu sois blessé à mort, sans espérance de guérison. Dans ce cas je consens à t'épargner des souffrances.

— Je serai blessé à mort, ou bien je serai tué." Il me tendit la main, je la serrai fortement. Dès lors il fut plus calme, et même une certaine gaieté martiale brilla sur son visage.

« Vers trois heures de l'après-midi, les canons de chasse de l'ennemi commencèrent à porter dans nos agrès[1]. Nous carguâmes[2] alors une partie de nos voiles ; nous présentâmes le travers[3] à *L'Alceste*, et nous fîmes un feu roulant auquel les Anglais répondirent avec vigueur. Après environ une heure de combat, notre capitaine, qui ne faisait rien à propos, voulut essayer l'abordage. Mais nous avions déjà beaucoup de morts et de blessés, et le reste de notre équipage avait perdu de son ardeur ; enfin nous avions beaucoup souffert dans nos agrès, et nos mâts étaient fort endommagés. Au moment où nous déployâmes nos voiles pour nous rapprocher de l'Anglais, notre grand mât, qui ne tenait plus à rien, tomba avec un fracas horrible. *L'Alceste* profita de la confusion où nous jeta d'abord cet accident. Elle vint passer à notre poupe[4] en nous lâchant à demi-portée de pistolet toute sa bordée[5] ; elle traversa de

1. Le gréement, le gouvernail, l'ancre...

2. Nous serrâmes les voiles contre le mât au moyen de cordes.

3. Le côté.

4. Passer à l'arrière du navire.

5. Ligne de canons rangés sur chaque bord d'un vaisseau. Ici, il s'agit de la décharge simultanée des canons.

l'avant à l'arrière notre malheureuse frégate, qui ne pouvait lui opposer sur ce point que deux petits canons. Dans ce moment j'étais auprès de Roger, qui s'occupait à faire couper les haubans[1] qui retenaient encore le mât abattu. Je le sens qui me serrait le bras avec force ; je me retourne, et le vois renversé sur le tillac et tout couvert de sang. Il venait de recevoir un coup de mitraille dans le ventre.

« Le capitaine courut à lui : "Que faire, lieutenant ? s'écria-t-il.

— Il faut clouer notre pavillon à ce tronçon de mât et nous faire couler[2]." Le capitaine le quitta aussitôt, goûtant fort peu ce conseil.

"Allons, me dit Roger, souviens-toi de ta promesse.

— Ce n'est rien, lui dis-je, tu peux en revenir.

— Jette-moi par dessus le bord, s'écria-t-il en jurant horriblement et me saisissant par la basque[3] de mon habit ; tu vois bien que je n'en puis réchapper ; jette-moi à la mer, je ne veux pas voir amener notre pavillon."

« Deux matelots s'approchèrent de lui pour le porter à fond de cale. "À vos canons, coquins, s'écria-t-il avec force ; tirez à mitraille et pointez au tillac. Et toi, si tu manques à ta parole, je te maudis, et je te tiens pour le plus lâche et le plus vil des hommes !"

1. Cordages servant à maintenir le mât d'un bateau à la verticale.

2. Pour ne pas se rendre.

3. Pan flottant des vestes de l'époque.

« Sa blessure était certainement mortelle. Je vis le capitaine appeler un aspirant et lui donner l'ordre d'amener notre pavillon. "Donne-moi une poignée de main", dis-je à Roger.

« Au moment même où notre pavillon fut amené... »

« Capitaine, une baleine à bâbord[1] ! interrompit un enseigne accourant à nous.

— Une baleine ! » s'écria le capitaine transporté de joie et laissant là son récit : « Vite, la chaloupe à la mer ! la yole[2] à la mer ! toutes les chaloupes à la mer ! Des harpons, des cordes ! etc., etc. »

Je ne pus savoir comment mourut le pauvre lieutenant Roger.

1. Gauche (langage maritime).

2. Embarcation rapide et légère.

2

LA CHAMBRE BLEUE

À madame de La Rhune

Un jeune homme se promenait d'un air agité dans le vestibule d'un chemin de fer. Il avait des lunettes bleues[1], et, quoiqu'il ne fût pas enrhumé, il portait sans cesse son mouchoir à son nez. De la main gauche, il tenait un petit sac noir qui contenait, comme je l'ai appris plus tard, une robe de chambre de soie et un pantalon turc[2].

De temps en temps, il allait à la porte d'entrée, regardait dans la rue, puis tirait sa montre et consultait le cadran de la gare. Le train ne partait que dans une heure ; mais il y a des gens qui craignent toujours d'être en retard. Ce train n'était pas de ceux que prennent les gens pressés ; peu de voitures de première classe. L'heure n'était pas celle qui permet aux

1. Sortes de lunettes de soleil portées lorsqu'on ne veut pas être reconnu.

2. Large pantalon, porté comme vêtement d'intérieur.

agents de change[1] de partir après les affaires terminées, pour dîner dans leur maison de campagne. Lorsque les voyageurs commencèrent à se montrer, un Parisien eût reconnu à leur tournure[2] des fermiers ou de petits marchands de la banlieue. Pourtant, toutes les fois qu'une femme entrait dans la gare, toutes les fois qu'une voiture s'arrêtait à la porte, le cœur du jeune homme aux lunettes bleues se gonflait comme un ballon, ses genoux tremblotaient, son sac était près d'échapper de ses mains et ses lunettes de tomber de son nez, où, pour le dire en passant, elles étaient placées tout de travers.

Ce fut bien pis quand, après une longue attente, parut par une porte de côté, venant précisément du seul point qui ne fût pas l'objet d'une observation continuelle, une femme vêtue de noir, avec un voile épais sur le visage, et qui tenait à la main un sac de maroquin[3] brun, contenant, comme je l'ai découvert dans la suite, une merveilleuse robe de chambre et des mules[4] de satin bleu. La femme et le jeune homme s'avancèrent l'un vers l'autre, regardant à droite et à gauche, jamais devant eux. Ils se joignirent, se touchèrent la main et demeurèrent quelques minutes sans se dire un mot, palpitants, pantelants[5], en proie à une de ces émotions poignantes

1. Personnes dont le métier est de s'occuper des opérations boursières.

2. Allure.

3. Peau de chèvre tannée.

4. Chaussures d'intérieur où le talon reste libre.

5. Respirant avec peine sous le coup de l'émotion.

pour lesquelles je donnerais, moi, cent ans de la vie d'un philosophe.

Quand ils trouvèrent la force de parler :

« Léon, dit la jeune femme (j'ai oublié de dire qu'elle était jeune et jolie), Léon, quel bonheur ! Jamais je ne vous aurais reconnu sous ces lunettes bleues.

— Quel bonheur ! dit Léon. Jamais je ne vous aurais reconnue sous ce voile noir.

— Quel bonheur ! reprit-elle. Prenons vite nos places ; si le chemin de fer allait partir sans nous !... (Et elle lui serra le bras fortement.) On ne se doute de rien. Je suis en ce moment avec Clara et son mari, en route pour sa maison de campagne, où je dois *demain* lui faire mes adieux... Et, ajouta-t-elle en riant et baissant la tête, il y a une heure qu'elle est partie, et demain... après avoir passé la *dernière soirée* avec elle... (de nouveau elle lui serra le bras), demain, dans la matinée, elle me laissera à la station, où je trouverai Ursule, que j'ai envoyée devant, chez ma tante... Oh ! j'ai tout prévu ! Prenons nos billets... Il est impossible qu'on nous devine[1] ! Oh ! si on nous demande nos noms dans l'auberge ? j'ai déjà oublié...

— Monsieur et madame Duru.

1. Devine qui nous sommes, nous reconnaisse.

— Oh ! non. Pas Duru. Il y avait à la pension un cordonnier qui s'appelait comme cela.

— Alors, Dumont ?

— Daumont.

— À la bonne heure, mais on ne nous demandera rien. »

La cloche sonna, la porte de la salle d'attente s'ouvrit, et la jeune femme, toujours soigneusement voilée, s'élança dans une diligence[1] avec son jeune compagnon. Pour la seconde fois, la cloche retentit ; on ferma la portière de leur compartiment.

« Nous sommes seuls ! » s'écrièrent-ils avec joie.

Mais, presque au même moment, un homme d'environ cinquante ans, tout habillé de noir, l'air grave et ennuyé[2], entra dans la voiture et s'établit[3] dans un coin. La locomotive siffla et le train se mit en marche. Les deux jeunes gens, retirés le plus loin qu'ils avaient pu de leur incommode[4] voisin, commencèrent à se parler bas et en anglais par surcroît de précaution.

« Monsieur, dit l'autre voyageur dans la même langue et avec un bien plus pur accent britannique, si vous avez des secrets à vous conter, vous ferez bien de ne pas les dire en anglais devant moi. Je suis Anglais. Désolé de vous gêner,

1. Ici, voiture de chemin de fer.

2 L'air contrarié.

3. Ici, s'installa.

4. Ici, peu commode, peu aimable.

mais, dans l'autre compartiment, il y avait un homme seul, et j'ai pour principe de ne jamais voyager avec un homme seul... Celui-là avait une figure de Jud[1]. Et cela aurait pu le tenter. »

Il montra son sac de voyage, qu'il avait jeté devant lui sur un coussin.

« Au reste, si je ne dors pas, je lirai. »

En effet, il essaya loyalement de dormir. Il ouvrit son sac, en tira une casquette commode, la mit sur sa tête, et tint les yeux fermés pendant quelques minutes ; puis il les rouvrit avec un geste d'impatience, chercha dans son sac des lunettes, puis un livre grec ; enfin, il se mit à lire avec beaucoup d'attention. Pour prendre le livre dans le sac, il fallut déranger maint objet entassé au hasard. Entre autres, il tira des profondeurs du sac une assez grosse liasse de billets de la banque d'Angleterre, la déposa sur la banquette en face de lui, et, avant de la replacer dans le sac, il la montra au jeune homme en lui demandant s'il trouverait à changer des banknotes[2] à N***[3].

« Probablement. C'est sur la route d'Angleterre. »

N*** était le lieu où se dirigeaient les deux jeunes gens. Il y a à N*** un petit hôtel assez propret, où l'on ne s'arrête guère

1. De Judas, donc de traître.

2. Mot anglais pour billets de banque.

3. Le nom de la ville est masqué pour donner l'impression au lecteur que le narrateur raconte une histoire vraie.

que le samedi soir. On prétend que les chambres sont bonnes. Le maître et les gens ne sont pas assez éloignés de Paris pour avoir ce vice provincial. Le jeune homme, que j'ai déjà appelé Léon, avait été reconnaître[1] cet hôtel quelque temps auparavant, sans lunettes bleues, et, sur le rapport qu'il en avait fait, son amie avait paru éprouver le désir de le visiter.

Elle se trouvait, d'ailleurs, ce jour-là, dans une disposition d'esprit telle, que les murs d'une prison lui eussent semblé pleins de charmes, si elle y eût été enfermée avec Léon.

Cependant, le train allait toujours ; l'Anglais lisait son grec sans tourner la tête vers ses compagnons, qui causaient si bas, que des amants seuls eussent pu s'entendre. Peut-être ne surprendrai-je pas mes lecteurs en leur disant que c'étaient des amants dans toute la force du terme, et, ce qu'il y avait de déplorable, c'est qu'ils n'étaient pas mariés, et il y avait des raisons qui s'opposaient à ce qu'ils le fussent.

On arriva à N***. L'Anglais descendit le premier. Pendant que Léon aidait son amie à sortir de la diligence sans montrer ses jambes, un homme s'élança sur la plate-forme du compartiment voisin. Il était pâle, jaune même, les yeux creux et injectés de sang, la barbe mal faite, signe auquel on reconnaît souvent les grands criminels. Son costume était propre, mais

1. Ici, faire une reconnaissance, explorer.

usé jusqu'à la corde. Sa redingote, jadis noire, maintenant grise au dos et aux coudes, était boutonnée jusqu'au menton, probablement pour cacher un gilet encore plus râpé. Il s'avança vers l'Anglais, et, d'un ton très humble :

« *Uncle !*... lui dit-il.

« *Leave me alone, you wretch*[1] *!* » s'écria l'Anglais, dont l'œil gris s'alluma d'un éclat de colère.

Et il fit un pas pour sortir de la station[2].

« *Don't drive me to despair*[3], reprit l'autre avec un accent à la fois lamentable et presque menaçant.

— Veuillez être assez bon pour garder mon sac un instant », dit le vieil Anglais, en jetant son sac de voyage aux pieds de Léon.

Aussitôt il prit le bras de l'homme qui l'avait accosté, le mena ou plutôt le poussa dans un coin, où il espérait n'être pas entendu, et, là, il lui parla un moment d'un ton fort rude, comme il semblait. Puis il tira de sa poche quelques papiers, les froissa et les mit dans la main de l'homme qui l'avait appelé son oncle. Ce dernier prit les papiers sans remercier et presque aussitôt s'éloigna et disparut.

Il n'y a qu'un hôtel à N***, il ne faut donc pas s'étonner si, au bout de quelques minutes, tous les personnages de

1. Laissez-moi tranquille, vaurien !

2. Ici, gare.

3. Ne m'acculez pas au désespoir.

cette véridique histoire s'y retrouvèrent. En France, tout voyageur qui a le bonheur d'avoir une femme bien mise[1] à son bras est sûr d'obtenir la meilleure chambre dans tous les hôtels ; aussi est-il établi que nous sommes la nation la plus polie de l'Europe.

Si la chambre qu'on donna à Léon était la meilleure, il serait téméraire[2] d'en conclure qu'elle était excellente. Il y avait un grand lit de noyer, avec des rideaux de perse[3] où l'on voyait imprimée en violet l'histoire magique de Pyrame et de Thisbé[4]. Les murs étaient couverts d'un papier peint représentant une vue de Naples avec beaucoup de personnages ; malheureusement, des voyageurs désœuvrés et indiscrets avaient ajouté des moustaches et des pipes à toutes les figures mâles et femelles ; et bien des sottises en prose et en vers écrites à la mine de plomb[5] se lisaient sur le ciel et sur la mer. Sur ce fond pendaient plusieurs gravures : *Louis-Philippe prêtant serment à la Charte de 1830*[6] ; *La Première entrevue de Julie et de Saint-Preux*[7] ; *L'Attente du Bonheur et les Regrets*, d'après M. Dubuffe. Cette chambre s'appelait la chambre bleue, parce que les deux fauteuils à droite et à gauche de la cheminée étaient en velours d'Utrecht[8] de cette couleur ; mais, depuis bien des années,

1. Élégante.
2. Imprudent.
3. Tissu d'ameublement originaire de l'Inde (confondue avec la Perse).
4. Deux amoureux tragiques de la mythologie grecque.
5. Ancien nom du crayon à papier.
6. Dernier roi de France, qui prêta serment à la nouvelle Constitution après les journées révolutionnaires de 1830.
7. Les deux amoureux, héros de *La Nouvelle Héloïse* de Jean-Jacques Rousseau.
8. Ville des Pays-Bas connue pour la couleur bleue de ses faïences et de ses étoffes.

ils étaient cachés sous des chemises[1] de percaline[2] grise à galons[3] amarante[4].

Tandis que les servantes de l'hôtel s'empressaient autour de la nouvelle arrivée et lui faisaient leurs offres de service, Léon, qui n'était pas dépourvu de bon sens quoique amoureux, allait à la cuisine commander le dîner. Il lui fallut employer toute sa rhétorique[5] et quelques moyens de corruption pour obtenir la promesse d'un dîner à part ; mais son horreur fut grande lorsqu'il apprit que, dans la principale salle à manger, c'est-à-dire à côté de sa chambre, MM. les officiers du 3e hussards[6], qui allaient relever[7] MM. les officiers du 3e chasseurs[8] à N***, devaient se réunir à ces derniers, le jour même, dans un dîner d'adieu où régnerait une grande cordialité. L'hôte jura ses grands dieux qu'à part la gaieté naturelle à tous les militaires français, MM. les hussards et MM. les chasseurs étaient connus dans toute la ville pour leur douceur et leur sagesse, et que leur voisinage n'aurait pas le moindre inconvénient pour madame, l'usage de MM. les officiers étant de se lever de table dès avant minuit.

Comme Léon regagnait la chambre bleue, sur cette assurance[9] qui ne le troublait pas médiocrement[10], il s'aperçut que son Anglais occupait la chambre à côté de la sienne.

1. Ici, sortes de housses.

2. Toile de coton servant souvent de doublure.

3. Ruban servant à border ou orner.

4. Pourpre.

5. Art de bien s'exprimer.

6. Soldats de la cavalerie légère.

7. Ici, remplacer.

8. Soldats de la cavalerie légère ou de l'infanterie (à pied).

9. Ici, promesse.

10. Beaucoup.

La porte était ouverte. L'Anglais, assis devant une table sur laquelle étaient un verre et une bouteille, regardait le plafond avec une attention profonde, comme s'il comptait les mouches qui s'y promenaient.

« Qu'importe le voisinage ! se dit Léon. L'Anglais sera bientôt ivre, et les hussards s'en iront avant minuit. »

En entrant dans la chambre bleue, son premier soin fut de s'assurer que les portes de communication étaient bien fermées et qu'elles avaient des verrous. Du côté de l'Anglais il y avait double porte ; les murs étaient épais. Du côté des hussards la paroi était plus mince, mais la porte avait serrure et verrou. Après tout, c'était contre la curiosité une barrière bien plus efficace que les stores d'une voiture, et combien de gens se croient isolés du monde dans un fiacre[1] !

Assurément, l'imagination la plus riche ne peut se représenter de félicité[2] plus complète que celle de deux jeunes amants qui, après une longue attente, se trouvent seuls, loin des jaloux et des curieux, en mesure de se conter à loisir leurs souffrances passées et de savourer les délices d'une parfaite réunion. Mais le diable trouve toujours le moyen de verser sa goutte d'absinthe[3] dans la coupe du bonheur.

1. Voiture à cheval faisant office de taxi.

2. Grand bonheur.

3. Alcool très toxique, de couleur verte, très populaire au XIXe siècle, interdit au début du XXe siècle.

Johnson[1] a écrit, mais non le premier, et il l'avait pris à un Grec, que nul homme ne peut se dire : « Aujourd'hui je serai heureux. » Cette vérité reconnue, à une époque très reculée, par les plus grands philosophes est encore ignorée d'un certain nombre de mortels et singulièrement par la plupart des amoureux.

Tout en faisant un assez médiocre dîner, dans la chambre bleue, de quelques plats dérobés au banquet des chasseurs et des hussards, Léon et son amie eurent beaucoup à souffrir de la conversation à laquelle se livraient ces messieurs dans la salle voisine. On y tenait des propos étrangers à la stratégie et à la tactique[2], et que je me garderai bien de rapporter.

C'était une suite d'histoires saugrenues, presque toutes fort gaillardes[3], accompagnées de rires éclatants, auxquels il était parfois assez difficile à nos amants de ne pas prendre part. L'amie de Léon n'était pas une prude[4], mais il y a des choses qu'on n'aime pas à entendre, même en tête à tête avec l'homme qu'on aime. La situation devenait de plus en plus embarrassante, et comme on allait apporter le dessert de MM. les officiers, Léon crut devoir descendre à la cuisine pour prier l'hôte[5] de représenter à[6] ces messieurs qu'il y avait une

1. Essayiste anglais (1709-1784), célèbre à son époque grâce notamment à son Dictionnaire de la langue anglaise.

2. Ici, les différents aspects de l'art de la guerre.

3. Osées.

4. N'était pas de mœurs trop austères.

5. L'hôtelier.

6. Expliquer à.

femme souffrante dans la chambre à côté d'eux, et qu'on attendait de leur politesse qu'ils voudraient bien faire un peu moins de bruit.

Le maître d'hôtel, comme il arrive dans les dîners de corps[1], était tout ahuri et ne savait à qui répondre. Au moment où Léon lui donnait son message pour les officiers, un garçon lui demandait du vin de Champagne pour les hussards, une servante du vin de Porto[2] pour l'Anglais.

« J'ai dit qu'il n'y en avait pas, ajouta-t-elle.

— Tu es une sotte. Il y a tous les vins chez moi. Je vais lui en trouver, du porto ! Apporte-moi la bouteille de ratafia[3], une bouteille à quinze[4] et un carafon d'eau-de-vie. »

Après avoir fabriqué du porto en un tour de main, l'hôte entra dans la grande salle et fit la commission que Léon venait de lui donner. Elle excita tout d'abord une tempête furieuse.

Puis une voix de basse[5] qui dominait toutes les autres, demanda quelle espèce de femme était leur voisine. Il se fit une sorte de silence. L'hôte répondit :

« Ma foi ! messieurs, je ne sais trop que vous dire. Elle est bien gentille et bien timide, Marie-Jeanne dit qu'elle a une alliance au doigt. Ça se pourrait bien que ce fût une mariée, qui vient ici pour finir la noce, comme il en vient des fois.

1. De corps d'armée.

2. Vin cuit produit dans le nord du Portugal et dont les Anglais raffolaient.

3. Liqueur populaire.

4. Vin titré à quinze degrés.

5. Voix très grave (langage musical).

— Une mariée ? s'écrièrent quarante voix, il faut qu'elle vienne trinquer avec nous ! Nous allons boire à sa santé, et apprendre au mari ses devoirs conjugaux ! »

À ces mots, on entendit un grand bruit d'éperons[1], et nos amants tressaillirent, pensant que leur chambre allait être prise d'assaut. Mais soudain une voix s'élève qui arrête le mouvement. Il était évident que c'était un chef qui parlait. Il reprocha aux officiers leur impolitesse et leur intima[2] l'ordre de se rasseoir et de parler décemment et sans crier. Puis il ajouta quelques mots trop bas pour être entendus de la chambre bleue. Ils furent écoutés avec déférence[3], mais non sans exciter pourtant une certaine hilarité contenue. À partir de ce moment, il y eut dans la salle des officiers un silence relatif, et nos amants, bénissant l'empire salutaire de la discipline, commencèrent à se parler avec plus d'abandon… Mais, après tant de tracas, il fallait du temps pour retrouver les tendres émotions que l'inquiétude, les ennuis du voyage, et surtout la grosse joie de leurs voisins, avaient fortement troublées. À leur âge cependant, la chose n'est pas très difficile, et ils eurent bientôt oublié tous les désagréments de leur expédition aventureuse pour ne plus penser qu'aux plus importants de ses résultats.

1. Sorte d'aiguillons avec lesquels les cavaliers, qui les portent au talon de leurs bottes, font avancer leur cheval.

2. Donna fermement.

3. Respect.

Ils croyaient la paix faite avec les hussards ; hélas ! ce n'était qu'une trêve[1]. Au moment où ils s'y attendaient le moins, lorsqu'ils étaient à mille lieues de ce monde sublunaire[2], voilà vingt-quatre trompettes soutenues de quelques trombones qui sonnent l'air connu des soldats français : *La victoire est à nous !* Le moyen de résister à pareille tempête ? Les pauvres amants furent bien à plaindre.

Non, pas tant à plaindre, car à la fin les officiers quittèrent la salle à manger, défilant devant la porte de la chambre bleue avec un grand cliquetis de sabres et d'éperons, et criant l'un après l'autre :

« Bonsoir, madame la mariée ! »

Puis tout bruit cessa. Je me trompe, l'Anglais sortit dans le corridor et cria :

« Garçon ! portez une autre bouteille du même porto. »

Le calme était rétabli, dans l'hôtel de N***. La nuit était douce, la lune dans son plein[3]. Depuis un temps immémorial, les amants se plaisent à regarder notre satellite. Léon et son amie ouvrirent leur fenêtre, qui donnait sur un petit jardin, et aspirèrent avec plaisir l'air frais qu'embaumait un berceau[4] de clématites[5].

1. Interruption passagère des combats (langage militaire).

2. Situé entre la terre et la lune. Ici, incroyable.

3. La pleine lune.

4. Sorte de tonnelle.

5. Fleurs grimpantes, très odorantes.

Ils n'y restèrent pas longtemps toutefois. Un homme se promenait dans le jardin, la tête baissée, les bras croisés, un cigare à la bouche. Léon crut reconnaître le neveu de l'Anglais qui aimait le vin de Porto.

Je hais les détails inutiles, et, d'ailleurs, je ne me crois pas obligé de dire au lecteur tout ce qu'il peut facilement imaginer, ni de raconter, heure par heure, tout ce qui se passa dans l'hôtel de N***. Je dirai donc que la bougie qui brûlait sur la cheminée sans feu de la chambre bleue était plus d'à moitié consumée, quand, dans l'appartement de l'Anglais, naguère silencieux, un bruit étrange se fit entendre, comme un corps lourd peut en produire en tombant. À ce bruit se joignit une sorte de craquement non moins étrange, suivi d'un cri étouffé et de quelques mots indistincts, semblables à une imprécation[1]. Les deux jeunes habitants de la chambre bleue tressaillirent. Peut-être avaient-ils été réveillés en sursaut. Sur l'un et l'autre, ce bruit, qu'ils ne s'expliquaient pas, avait causé une impression presque sinistre.

« C'est notre Anglais qui rêve », dit Léon en s'efforçant de sourire.

1. Souhait de malheur contre quelqu'un, sorte de malédiction.

Mais il voulait rassurer sa compagne, et il frissonna involontairement. Deux ou trois minutes après, une porte s'ouvrit dans le corridor, avec précaution, comme il semblait ; puis elle se referma très doucement. On entendit un pas lent et mal assuré qui, selon toute apparence, cherchait à se dissimuler.

« Maudite auberge ! s'écria Léon.

— Ah ! c'est le paradis !... répondit la jeune femme en laissant tomber sa tête sur l'épaule de Léon. Je meurs de sommeil... »

Elle soupira et se rendormit presque aussitôt.

Un moraliste illustre a dit que les hommes ne sont jamais bavards lorsqu'ils n'ont plus rien à demander. Qu'on ne s'étonne donc point si Léon ne fit aucune tentative pour renouer la conversation, ou disserter sur les bruits de l'hôtel de N***. Malgré lui, il en était préoccupé et son imagination y rattachait maintes circonstances auxquelles, dans une autre disposition d'esprit, il n'eût fait aucune attention. La figure sinistre du neveu de l'Anglais lui revenait en mémoire. Il y avait de la haine dans le regard qu'il jetait à son oncle, tout en lui parlant avec humilité, sans doute parce qu'il lui demandait de l'argent.

Quoi de plus facile à un homme jeune encore et vigoureux, désespéré en outre, que de grimper du jardin à la fenêtre de la chambre voisine ? D'ailleurs, il logeait dans l'hôtel, puisque, la nuit, il se promenait dans le jardin. Peut-être, ... probablement même, ... indubitablement[1], il savait que le sac de son oncle renfermait une grosse liasse de billets de banque... Et ce coup sourd, comme un coup de massue sur un crâne chauve !... ce cri étouffé !... ce jurement affreux ! et ces pas ensuite ! Ce neveu avait la mine d'un assassin... Mais on n'assassine pas dans un hôtel plein d'officiers. Sans doute cet Anglais avait mis le verrou en homme prudent, surtout sachant le drôle[2] aux environs... Il s'en défiait[3], puisqu'il n'avait pas voulu l'aborder avec son sac à la main... Pourquoi se livrer à des pensées hideuses quand on est si heureux ?

Voilà ce que Léon se disait mentalement. Au milieu de ses pensées, que je me garderai d'analyser plus longuement et qui se présentaient à lui presque aussi confuses que les visions d'un rêve, il avait les yeux fixés machinalement vers la porte de communication entre la chambre bleue et celle de l'Anglais.

En France, les portes ferment mal. Entre celle-ci et le parquet, il y avait un intervalle d'au moins deux centimètres. Tout

1. Sans aucun doute.

2. Le coquin, le mauvais garçon.

3. S'en méfiait.

à coup, dans cet intervalle, à peine éclairé par le reflet du parquet, parut quelque chose de noirâtre, plat, semblable à une lame de couteau, car le bord, frappé par la lumière de la bougie, présentait une ligne mince, très brillante. Cela se mouvait lentement dans la direction d'une petite mule de satin bleu, jetée indiscrètement à peu de distance de cette porte. Était-ce quelque insecte comme un mille-pattes ?... Non ; ce n'est pas un insecte. Cela n'a pas de forme déterminée... Deux ou trois traînées brunes, chacune avec sa ligne de lumière sur les bords, ont pénétré dans la chambre. Leur mouvement s'accélère, grâce à la pente du parquet... Elles s'avancent rapidement, elles viennent effleurer la petite mule. Plus de doute ! C'est un liquide, et, ce liquide, on en voyait maintenant distinctement la couleur à la lueur de la bougie, c'était du sang ! Et tandis que Léon, immobile, regardait avec horreur ces traînées effroyables, la jeune femme dormait toujours d'un sommeil tranquille, et sa respiration régulière échauffait le cou et l'épaule de son amant.

Le soin qu'avait eu Léon de commander le dîner dès en arrivant dans l'hôtel de N*** prouve suffisamment qu'il avait une assez bonne tête, une intelligence élevée et qu'il savait prévoir. Il ne démentit pas en cette occasion le caractère qu'on a pu lui reconnaître déjà. Il ne fit pas un mouvement et toute la force de son esprit se tendit avec effort pour prendre une résolution en présence de l'affreux malheur qui le menaçait.

Je m'imagine que la plupart de mes lecteurs, et surtout mes lectrices, remplis de sentiments héroïques, blâmeront en cette circonstance la conduite et l'immobilité de Léon. Il aurait dû, me dira-t-on, courir à la chambre de l'Anglais et arrêter le meurtrier, tout au moins tirer sa sonnette et carillonner les gens de l'hôtel. À cela je répondrai d'abord que, dans les hôtels, en France, il n'y a de sonnettes que pour l'ornement des chambres et que leurs cordons ne correspondent à aucun appareil métallique. J'ajouterai respectueusement, mais avec fermeté, que, s'il est mal de laisser mourir un Anglais à côté de soi, il n'est pas louable de lui sacrifier une femme qui dort la tête sur votre épaule. Que serait-il arrivé si Léon eût fait un tapage à réveiller l'hôtel ? Les gendarmes, le procureur impérial[1] et son greffier[2] seraient arrivés aussitôt. Avant de lui demander ce qu'il avait vu et entendu, ces messieurs sont, par profession, si curieux qu'ils lui auraient dit tout d'abord :

1. Magistrat représentant l'Empereur.

2. Personne qui note tous les détails des procédures judiciaires.

« Comment vous nommez-vous ? Vos papiers ? Et madame ? Que faisiez-vous ensemble dans la chambre bleue ? Vous aurez à comparaître en cour d'assises pour dire que le tant de tel mois, à telle heure de nuit, vous avez été les témoins de tel fait. »

Or c'est précisément cette idée de procureur impérial et de gens de justice qui la première se présenta à l'esprit de Léon. Il y a parfois dans la vie des cas de conscience difficiles à résoudre ; vaut-il mieux laisser égorger un voyageur inconnu, ou déshonorer et perdre la femme qu'on aime ?

Il est désagréable d'avoir à se poser un pareil problème. J'en donne en dix la solution au plus habile.

Léon fit donc ce que probablement plusieurs eussent fait à sa place : il ne bougea pas.

Les yeux fixés sur la mule bleue et le petit ruisseau rouge qui la touchait, il demeura longtemps comme fasciné, tandis qu'une sueur froide mouillait ses tempes et que son cœur battait dans sa poitrine à la faire éclater.

Une foule de pensées et d'images bizarres et horribles l'obsédaient, et une voix intérieure lui criait à chaque instant : « Dans une heure, on saura tout, et c'est ta faute ! » Cependant, à force de se dire : « Qu'allais-je faire dans cette galère ? » on finit par apercevoir quelques rayons d'espérance. Il se dit enfin :

« Si nous quittions ce maudit hôtel avant la découverte de ce qui s'est passé dans la chambre à côté, peut-être pourrions-nous faire perdre nos traces. Personne ne nous connaît ici ; on ne m'a vu qu'en lunettes bleues ; on ne l'a vue que sous son voile. Nous sommes à deux pas d'une station, et en une heure nous serions bien loin de N***. »

Puis, comme il avait longuement étudié l'*Indicateur*[1] pour organiser son expédition, il se rappela qu'un train passait à huit heures allant à Paris. Bientôt après, on serait perdu dans l'immensité de cette ville où se cachent tant de coupables. Qui pourrait y découvrir deux innocents ? Mais n'entrerait-on pas chez l'Anglais avant huit heures ? Toute la question était là.

Bien convaincu qu'il n'avait pas d'autre parti à prendre[2], il fit un effort désespéré pour secouer la torpeur[3] qui s'était emparée de lui depuis si longtemps ; mais, au premier mouvement qu'il fit, sa jeune compagne se réveilla et l'embrassa à l'étourdie[4]. Au contact de sa joue glacée, elle laissa échapper un petit cri :

« Qu'avez-vous ? lui dit-elle avec inquiétude. Votre front est froid comme un marbre.

1. Le registre des horaires de chemin de fer.

2. Choix à faire.

3. Envie de dormir.

4. Au hasard.

— Ce n'est rien, répondit-il d'une voix mal assurée. J'ai entendu un bruit dans la chambre à côté... »

Il se dégagea de ses bras et d'abord écarta la mule bleue et plaça un fauteuil devant la porte de communication de manière à cacher à son amie l'affreux liquide qui, ayant cessé de s'étendre, formait maintenant une tache assez large sur le parquet. Puis il entrouvrit la porte qui donnait sur le corridor et écouta avec attention : il osa même s'approcher de la porte de l'Anglais. Elle était fermée. Il y avait déjà quelque mouvement dans l'hôtel. Le jour se levait. Les valets d'écurie pansaient[1] les chevaux dans la cour, et, du second étage, un officier descendait les escaliers en faisant résonner ses éperons. Il allait présider à cet intéressant travail, plus agréable aux chevaux qu'aux humains, et qu'en termes techniques on appelle *la botte*[2].

Léon rentra dans la chambre bleue, et, avec tous les ménagements que l'amour peut inventer, à grands renforts de circonlocutions[3] et d'euphémismes[4] il exposa à son amie la situation où il se trouvait.

Danger de rester ; danger de partir trop précipitamment ; danger encore plus grand d'attendre dans l'hôtel que la catastrophe de la chambre voisine fût découverte.

1. Donner des soins de propreté à un cheval.

2. Expression elliptique pour désigner la botte de foin qu'on apporte aux bêtes le matin.

3. Manière indirecte de formuler sa pensée.

4. Expression atténuée de quelque chose qui pourrait choquer.

Inutile de dire l'effroi causé par cette communication, les larmes qui la suivirent, les propositions insensées qui furent mises en avant ; que de fois les deux infortunés se jetèrent dans les bras l'un de l'autre, en se disant : « Pardonne-moi ! pardonne-moi ! » Chacun se croyait le plus coupable. Ils se promirent de mourir ensemble, car la jeune femme ne doutait pas que la justice ne les trouvât coupables du meurtre de l'Anglais, et, comme ils n'étaient pas sûrs qu'on leur permît de s'embrasser encore sur l'échafaud, ils s'embrassèrent à s'étouffer, s'arrosant à l'envi[1] de leurs larmes. Enfin, après avoir dit bien des absurdités et bien des mots tendres et déchirants, ils reconnurent au milieu de mille baisers, que le plan médité par Léon, c'est-à-dire le départ par le train de huit heures, était en réalité le seul praticable et le meilleur à suivre. Mais restaient encore deux mortelles heures à passer. À chaque pas dans le corridor, ils frémissaient de tous leurs membres. Chaque craquement de bottes leur annonçait l'entrée du procureur impérial.

Leur petit paquet fut fait en un clin d'œil. La jeune femme voulait brûler dans la cheminée la mule bleue ; mais Léon la ramassa, et après l'avoir essuyée à la descente de lit, il la baisa

1. Abondamment.

et la mit dans sa poche. Il fut surpris de trouver qu'elle sentait la vanille ; son amie avait pour parfum le bouquet de l'impératrice Eugénie[1].

Déjà tout le monde était réveillé dans l'hôtel. On entendait des garçons qui riaient, des servantes qui chantaient, des soldats qui brossaient les habits des officiers. Sept heures venaient de sonner. Léon voulut obliger son amie à prendre une tasse de café au lait, mais elle déclara que sa gorge était si serrée, qu'elle mourrait si elle essayait de boire quelque chose.

Léon, muni de ses lunettes bleues, descendit pour payer sa note. L'hôte lui demanda pardon du bruit qu'on avait fait, et qu'il ne pouvait encore s'expliquer ; ces MM. les officiers étaient toujours si tranquilles ! Léon l'assura qu'il n'avait rien entendu et qu'il avait parfaitement dormi.

« Par exemple, votre voisin de l'autre côté, continua l'hôte, n'a pas dû vous incommoder[2]. Il ne fait pas beaucoup de bruit, celui-là. Je parie qu'il dort encore sur les deux oreilles. »

Léon s'appuya fortement au comptoir pour ne pas tomber, et la jeune femme, qui avait voulu le suivre, se cramponna à son bras, en serrant son voile devant ses yeux.

1. Épouse de Napoléon III et grande amie de Mérimée.

2. Gêner.

« C'est un milord[1], poursuivit l'hôte impitoyable. Il lui faut toujours du meilleur. Ah ! c'est un homme bien comme il faut ! Mais tous les Anglais ne sont pas comme lui. Il y en avait un ici qui est pingre[2] ! Il trouve tout trop cher, l'appartement, le dîner. Il voulait me compter son billet pour cent vingt-cinq francs, un billet de la banque d'Angleterre de cinq livres sterling[3]... Pourvu encore qu'il soit bon !... Tenez, monsieur, vous devez vous y connaître, car je vous ai entendu parler anglais avec madame... Est-il bon ? »

En parlant ainsi, il lui présentait une banknote de cinq livres sterling. Sur un des angles, il y avait une petite tache rouge que Léon s'expliqua aussitôt.

« Je le crois fort bon, dit-il d'une voix étranglée.

— Oh ! vous avez bien le temps, reprit l'hôte ; le train ne passe qu'à huit heures, et il est toujours en retard. Veuillez donc vous asseoir, madame ; vous semblez fatiguée... »

En ce moment, une grosse servante entra.

« Vite de l'eau chaude, dit-elle, pour le thé de milord ! Apportez aussi une éponge ! Il a cassé sa bouteille et toute sa chambre est inondée. »

À ces mots, Léon se laissa tomber sur une chaise ; sa compagne en fit de même. Une forte envie de rire les prit

1. Un aristocrate anglais.

2. Avare.

3. Monnaie anglaise.

tous les deux, et ils eurent quelque peine à ne pas éclater. La jeune femme lui serra joyeusement la main.

« Décidément, dit Léon à l'hôte, nous ne partirons que par le train de deux heures. Faites-nous un bon déjeuner pour midi. »

POUR ALLER PLUS LOIN...

QUELQUES PAGES
ET UN SITE INTERNET :
www.cotecourt.com

Prosper Merimée
En quelques dates et quelques œuvres

1803 : Naissance à Paris de Prosper Mérimée dans une famille cultivée. Il est l'arrière-petit-fils de Madame Leprince de Beaumont, l'auteur de nombreux contes dont le très célèbre *La Belle et la Bête*[1].

1812 : Il entre au lycée Henri-IV.

1819 : Il fait des études de droit et s'intéresse surtout aux langues étrangères et anciennes, à l'histoire...

1824 : Publication de ses premiers articles, sur le théâtre espagnol.

1825 : Il traduit des pièces de théâtre de l'espagnol, *Théâtre de Clara Gazul* ; c'est en fait une supercherie car il est l'auteur de ces pièces.

1827 : Il continue ses facéties littéraires avec une pseudo-traduction de *Ballades illyriennes*[2].

1826 : Il publie enfin sous son propre nom.

1829 : Publication de *Chronique du règne de Charles IX*, un roman historique de cape et d'épée. Il publie également *Mateo Falcone*, sa première nouvelle. C'est un écrivain en vue, lié aux artistes de son temps.

1. Voir Côté Court n° 34.

2. L'Illyrie est une région au bord de l'Adriatique, actuellement partagée entre l'Italie, la Croatie, la Slovénie et l'Autriche. Pendant l'Antiquité, elle fut successivement colonisée par les Grecs puis par les Romains.

1830 : Il voyage en Espagne, où il fait la connaissance d'Eugénie de Montijo, la future épouse de Napoléon III et impératrice de France. Publication de *La partie de trictrac*, une autre nouvelle.

1834 : Parallèlement à sa carrière littéraire, Mérimée poursuit une brillante carrière au service de l'État. Il est inspecteur général des Monuments historiques[1]. Pour cette fonction, il voyage beaucoup (on en trouve la trace dans *La Vénus d'Ille*[2]).

1837 : Parution de *La Vénus d'Ille*.

1840 : Parution de *Colomba* (écrite après un séjour de deux mois en Corse).

1844 : Il entre à l'Académie française.

1845 : Parution de *Carmen*. Il apprend le russe et, par ses nombreuses traductions (de Pouchkine, Tourgueniev, Gogol…), il contribue largement à introduire cette littérature en France.

1852 : Louis-Napoléon Bonaparte devient Napoléon III et Mérimée, ami de l'impératrice Eugénie, est un familier de la cour impériale. Devenu sénateur, Mérimée consacre moins de temps à l'écriture de ses nouvelles.

1869 : Parution de *Djoumane* et *Lokis*, ses dernières nouvelles.

1870 : C'est la chute de l'Empire ; très affecté, Prosper Mérimée meurt juste après, en septembre 1870.

1. Il travaille ainsi avec Viollet-le-Duc, un jeune architecte aujourd'hui célèbre pour sa restauration de nombreux monuments du Moyen Âge (Notre-Dame de Paris, le château de Pierrefonds…).

2. Voir Côté Court n° 15.

Un plaisant conteur
à propos des nouvelles de Mérimée

La gloire de Mérimée, encore beaucoup lu et étudié de nos jours, vient de ses nouvelles qui n'étaient pourtant pour lui qu'un passe-temps. En effet, Mérimée avait de lourdes charges professionnelles (il était inspecteur général des Monuments historiques, ce qui l'amenait à de nombreux voyages dont on retrouve les traces dans son œuvre) et sous le Second Empire, il fut sénateur.

Ses nouvelles se rattachent à différents genres littéraires.

Si Prosper Mérimée est connu pour être un des inventeurs en France du fantastique avec notamment sa célèbre *Vénus d'Ille*[1], il est aussi le créateur de figures hautes en couleur, enchâssées dans des décors exotiques et qui continuent à vivre dans l'imaginaire collectif en dehors même de l'œuvre qui les a vu naître : Colomba, Carmen, ou Matteo Falcone.

La première nouvelle proposée ici, *La partie de trictrac*, conte elle aussi le destin d'une âme forte, et donne une valeur exemplaire à ce destin jusqu'à créer un type, celui de l'officier de marine au noble cœur, comme Carmen a établi le type littéraire de la bohémienne-femme fatale… Roger, le héros de *La partie de trictrac*, est l'héritier de toute une lignée de héros batailleurs, amoureux, impulsifs et entiers mais aussi honnêtes hommes pétris de principes. Le prénom Roger vient du *Roland furieux* de l'Arioste[2] où il représente la figure de l'amoureux. Mais le

1. Voir Côté Court n° 15.

2. L'Arioste (1474-1533) est l'auteur de L'Orlando Furioso, qui conte l'épopée de Roland et de Charlemagne, texte très important de la littérature italienne de la Renaissance.

Roger de Mérimée est un héros de son temps, celui de l'époque napoléonienne. Sous l'Ancien Régime, compte tenu de sa naissance (c'est un enfant naturel[1]), Roger n'aurait pu accéder au rang d'officier. Le climat aventureux de cette époque guerrière où les carrières des soldats pouvaient être fulgurantes est très bien retranscrit par Mérimée.

Les épisodes se succèdent à un rythme soutenu tenant le lecteur en haleine. Trois intrigues se mêlent : la vie des marins en garnison ou sur mer avec ses dangers ; la conquête amoureuse de la belle comédienne aux mœurs légères et enfin la partie de trictrac qui donne son titre au récit. Elle en est en effet le nœud dramatique. Roger perd beaucoup d'argent, craint de perdre aussi sa maîtresse, triche pour gagner, ce qui entraîne le suicide de son adversaire malheureux. Roger ne s'en remettra jamais et rongé par les remords fera tout pour mourir au combat.

Destin tragique que celui de Roger mais la vivacité du style de Mérimée, sa propension à souligner les petits ridicules et les faiblesses du héros et enfin le type de narration choisi – un récit dans le récit – créent une impression de distance. La conclusion du récit va jusqu'à tourner en dérision le reste de l'histoire puisque le narrateur ne saura jamais comment est mort Roger, son ancien ami ayant interrompu net son récit pour aller pêcher la baleine.

On trouve là ce goût de l'inachèvement, cette inclinaison de Mérimée à briser net l'exaltation romantique que peuvent ressentir ses personnages (et ses lecteurs) pour retourner à la réalité, à la normalité comme à la fin de *La Vénus d'Ille* quand la veuve fait fondre la statue.

La seconde nouvelle, *La Chambre bleue*, est le dernier texte composé par Mérimée. Il est un peu à part dans son œuvre car il est franchement

1. Voir note 6 p. 6.

comique là où, en général, Mérimée se contente d'un ton plaisant. *La Chambre bleue* était destinée à distraire l'impératrice Eugénie en cette fin de Second Empire morose.

Le sujet même de l'histoire est des plus frivoles : un jeune couple d'amants déguisés pour ne pas être reconnus s'apprête à passer une nuit dans un petit hôtel de province. Un des principaux ressorts du comique est que leur tranquillité, le bonheur de leurs retrouvailles amoureuses, est constamment différé. Et cela dès le voyage en chemin de fer où un intriguant voyageur anglais vient s'installer dans leur compartiment. Ensuite à l'hôtel, ils apprennent que des militaires tiennent un dîner d'adieu à côté de leur chambre tandis que l'Anglais s'installe de l'autre côté. Pendant la nuit, ils vont s'imaginer que l'Anglais a été assassiné. Mais le prétendu climat de suspense, d'angoisse n'est jamais vraiment traité avec sérieux. Et pour cause… à la fin on découvre un retournement de situation totalement burlesque prouvant le goût de Mérimée pour les mystifications. Outre l'intrigue elle-même et le comique de situation qu'elle recèle, un autre ressort du comique est représenté par les continuelles interventions facétieuses, ironiques, du narrateur. Rien n'est vraiment sérieux dans cette histoire…

C'est donc un Mérimée inattendu que l'on trouve ici, et que l'on aurait davantage envie de rapprocher de Feydeau[1] que de Stendhal[2]…

1. Feydeau (1862-1921), auteur français de pièces de théâtre comiques, mettant souvent en scène des couples adultères, appelées « vaudevilles ».

2. Stendhal (1783-1842) : célèbre écrivain français, auteur notamment du *Rouge et le Noir*. On rapproche parfois Mérimée de Stendhal.

TABLE

DANS LA MÊME COLLECTION

1 - Christophe Donner - *Tu n'auras pas d'autres dieux*
2 - Christophe Donner - *Tu ne te feras aucune image*
3 - Christophe Donner - *Tu ne jureras pas*
4 - Christophe Donner - *Tu te souviendras*
5 - Christophe Donner - *Tu respecteras tes parents*
6 - Christophe Donner - *Tu ne tueras pas*
7 - Christophe Donner - *Tu ne commettras pas l'adultère*
8 - Christophe Donner - *Tu ne voleras pas*
9 - Christophe Donner - *Tu ne porteras pas de faux témoignage*
10 - Christophe Donner - *Tu aimeras ton prochain comme toi-même*
11 - Alphonse Daudet - *Le secret de Maître Cornille*
12 - Guy de Maupassant - *La parure*
13 - George Sand - *Le chêne parlant*
14 - Jules Renard - *Le chien, la vache et autres histoires naturelles*
15 - Prosper Mérimée - *La Vénus d'Ille*
16 - Émile Zola - *Les bains de mer*
17 - Gudule - *Cœur de guimauve*
18 - Charles Nodier - *Le chien de Brisquet*
19 - *Petits contes de Noël*
20 - Arthur Rimbaud - *Ma bohème*
21 - Jacob et Wilhelm Grimm - *Les douze frères*
22 - Mille et Une nuits - *Sindbad et la baleine*
23 - Hans Christian Andersen - *Les habits neufs de l'empereur*
24 - Edgar Allan Poe - *La lettre volée*
25 - Nathaniel Hawthorne - *Le paradis des enfants*
26 - Jack London - *La loi de la vie*
27 - Herman Melville - *Moi et ma cheminée*
28 - Anton Tchekhov - *Aïe, mes dents !*
29 - Rudyard Kipling - *Comment le chameau acquit sa bosse*
30 - Oscar Wilde - *Le prince heureux*
31 - Anthony Horowitz - *Pagaille à Paris*
32 - Sir Arthur Conan Doyle - *La société protectrice des rouquins*
33 - Mark Twain - *Journal d'Adam et journal d'Ève*
34 - Mme Leprince de Beaumont - *La Belle et la Bête*
35 - Anne Mirman - *Un bonnet de laine jaune*
36 - Jack London - *Nam Bok le hâbleur*
37 - Anne-Marie Pol - *Cabrita la sauvage*
38 - Mille et Une nuits - *Sindbad et le géant*
39 - Jean de La Fontaine - *Les grenouilles qui demandent un roi*
40 - Nathaniel Hawthorne - *Les trois pommes d'or*
41 - Carson McCullers - *Sucker*
42 - Charles Perrault - *La barbe bleue*
43 - Marie-Sabine Roger – *Le château de Pierre*
44 - Anthony Horowitz - *L'auto-stoppeur*
45 - Jeanne Benameur - *Travaille travaillons travaillez*
46 - Prosper Mérimée – *La partie de trictrac*
47 - Gilles Tibo - *Le petit écrivain*
48 - Guy de Maupassant - *Une partie de campagne*